Monika Bayerl

Liebe wächst

Life is a story

1. Auflage
© 2019, Monika Bayerl

Herstellung, Gestaltung und Konzeption:
Verlag story.one publishing - www.story.one

Alle Rechte vorbehalten, insbesondere das des öffentlichen Vortrags,
der Übertragung durch Rundfunk und Fernsehen sowie Übersetzung,
auch einzelner Teile. Kein Teil des Werkes darf in irgendeiner Form
(durch Fotografie, Mikrofilm oder andere Verfahren) ohne schriftliche
Genehmigung des Copyright-Inhabers reproduziert oder unter Verwendung
elektronischer Systeme verarbeitet, vervielfältigt oder verbreitet werden.
Sämtliche Angaben in diesem Werk erfolgen trotz sorgfältiger
Bearbeitung ohne Gewähr. Eine Haftung der Autoren bzw.
Herausgeber und des Verlages ist ausgeschlossen.

Gesetzt aus der Minion Pro und der Lato.
© Coverfoto: Emma Svalstad, unsplash
© Fotos: Monika Bayerl

Printed in Germany.

ISBN: 978-3-99087-009-9

Für meine Eltern Helga und Hermann
„Sei ganz du selbst, niemand kann
das besser als du" - Julia Olson

INHALT

Vorwort	9
Oh, wie das knisterte! Die erste Nacht…	11
…da wäre ich gern eine Biene gewesen	15
Anna fährt um ihr Leben	19
Die bunten Tage waren die schönsten	23
Adaeze – kleine Prinzessin	27
unvermutet herzlich	31
Der Karl und die Gurke	35
Die Liebe meiner Eltern	39
Vom Wünschen und der Kraft des Feuers	43
Er liebt sie eben	47
Über den Wolken	51
Meine Narzissenfreundin	55
In seiner Berührung lag die ganze Welt	59
Salzburg – (m)eine besondere Liebe	63
Blick ins Kaleidoskop	67
Liebe wächst	71

VORWORT

Meine Geschichten erzählen von meinem ganz persönlichen Glück, das Leben in all seinen Facetten spüren zu können. Nicht immer ist das einfach, aber ich begreife, welche Schätze in uns allen schlummern. Ich wünsche mir, dass meine Worte dich berühren und dich zum Schmunzeln bringen, dass sie dich unterhalten und auf eine spannende Reise mitnehmen.

Ich bedanke mich bei allen, die mir Mut und Kraft schenken und auf irgendeine Weise beteiligt sind: Sigried, Stefanie, Marion, Liesel, Peter, Max, Karin, Helga, Petra, Markus, Emil, Nele, Martin, Renate, Veronika, Stephan, Magdalena, Roberta, Herbert, Lea-Maria, Ilja, Karin, Andrea, Annemarie, Erika, Alexandra, Evelyn, Carsten, Maria, Isabella, Charles, Sophia, Eva, Sabine und alle anderen treuen Freundinnen/Freunde. Und bei Hannes und Martin für die grandiose Idee von story.one!

Danke Immanuel – du bist mein Zuhause!

Oh, wie das knisterte!
Die erste Nacht...

Valentinstag 2003. Elli und Max, gerade frisch verliebt, fuhren zu einem wunderschönen Ausflug in die Therme. ER träumte von einem entspannten Feierabend - SIE von romantischer Zweisamkeit.

Händchen haltend schlüpften sie aus der Umkleidekabine. Sinnliche Momente warteten auf die beiden, sie hatten nur Augen füreinander. Ein bisschen nackte Haut beflügelt schließlich die Fantasie. Dagegen zogen alle anderen Szenen wie ein langweiliger Fernsehspot, den man auf lautlos gestellt hat, im Hintergrund vorüber.

Blubbernd schäumte das warme Blau im Whirlpool und brachte Elli zum Lachen. Max umarmte sie, wie sehr er ihre Nähe doch genoss. Langsam wurde es Zeit für den Saunagang. Aufwärmen bei 90 Grad Celsius, Aufguss, weiter schwitzen, Aufguss. Elli hatte genug. Ob sie schon rausgehen sollte? Ohne ihren Liebsten? Nö, besser noch durchhalten. Nachdem der dritte Aufguss endlich durch war, wurden die Duschen gestürmt.

Da hatte Max seine Freundin aus den Augen verloren. Wollte sie sich abtrocknen? Plötzlich große Aufregung: Eine junge Frau lag am Boden und wurde von einigen Saunagästen umringt. „Sie ist ohnmächtig", erklärte jemand und rief nach den Sanitätern. Aber wo steckte Elli? Erst als Max seine Brille aufsetzte, traf ihn die Erkenntnis: Die umgefallene Frau war seine eigene Freundin! Und er hatte noch den dumpfen Aufschlag gehört... Hilfe! Hastig bückte er sich zu ihr und rief ihren Namen, sie wachte gar nicht auf! Er war verzweifelt.

Mittlerweile war der Rettungsdienst eingetroffen, Ellis Beine wurden hoch gelagert, langsam kam sie zu sich. Benommen erkannte sie Max Stimme neben sich. Sie hielten sich fest an der Hand, eine freundliche Frau deckte Elli mit einem Handtuch zu. Peinlich alles, irgendwie...

„Auf Grund der Gehirnerschütterung werden wir sie ins Krankenhaus bringen", meinte der Arzt an Max gewandt. Ob er mitkommen wolle? Klar. Max, selbst noch halb entkleidet, tummelte sich, während man seine Freundin behutsam in den Rettungswagen manövrierte.

Nach der Aufnahme und dem Schädel CT im Spital gab es – Gott sei Dank – Entwarnung, jedoch sollte Elli zur Beobachtung eine Nacht da bleiben. Na toll, und Max? Er saß die ganze Nacht in einem klapprigen Plastikstuhl an ihrem Bett, Händchen haltend und besorgt. Das einzig Knisternde war der Monitor am anderen Ende des Zimmers. Ihre erste gemeinsame Nacht... wie aufregend!

PS: Sex und Erotik werden womöglich überbewertet... Max und Elli sind immer noch ein Liebespaar!

...da wäre ich gern eine Biene gewesen

Der Garten meiner Kindheit steckt voller Erinnerungen. Von klein auf habe ich dort gespielt und getobt. Diese Freiheit war unbeschreiblich schön. Einfach rausgehen zu können, niemanden fragen zu müssen, die Seele baumeln zu lassen, die Natur zu erforschen und die eigenen Kräfte zu entdecken. An jedem Ort des Gartens gab es andere Abenteuer... mit jedem Plätzchen und Winkel verbinde ich ganz bestimmte Gefühle, Stimmungen und Erlebnisse.

Der Apfelbaum war wunderschön, knorrig und alt. Seine Äpfel waren die besten weit und breit, rotbackig und gelb, süß und saftig - Grafensteiner. Direkt vor unserer Terrasse, wo die Böschung sanft zum Rasen abfiel, stand sein niedriger, dicker Stamm. Die Rinde fühlte sich verwachsen und rau an. An jenen Stellen, wo wir Kinder ständig hinaufkraxelten, war sie abgegriffen und glatt.

Ich liebte unseren Apfelbaum für seine starken Äste, die mich mühelos tragen konnten. In einer Mulde machte ich es mir gemütlich oder ließ mich wie ein Äffchen kopfüber nach unten hängen, die Beine über den weit ausladenden Ast geschlungen. Kunststücke und Zirkusakrobatik waren dort angesagt. Ich fühlte mich sagenhaft unbeschwert in solchen Augenblicken. Mein Apfelbaum war immer gut zu mir. Jedes Jahr blühte er im zartrosa Kleid – noch heute ist die Apfelblüte meine Lieblingsblüte. Dieser sanfte Farbrausch, die winzigen Knospen in dunkelrosa und die feinen, gelben Staubgefäße. Da wäre ich gern eine Biene gewesen, um den Duft aus nächster Nähe inhalieren zu können.

Es gab noch einen Ort, an dem ich besonders gut aufgehoben war: in den Ästen der großen Weide. Sie war mein Freund, gerade dann, wenn ich traurig, ängstlich oder unglücklich war. Ihr Wuchs war etwas ganz Besonderes. Einen halben Meter über dem Boden teilte sich der Stamm und begann sich zu verzweigen. Gleich darüber wuchsen in alle Richtungen schmalere Zweige ab, die man wie eine Treppe benutzen konnte um hinaufzuklettern. Diese Weide war der tollste Baum auf dieser Erde. Ich hatte immer das Gefühl, er würde sich freuen, wenn ich in seinem Geäst herumturnte. Manchmal saß ich auch nur ganz still hoch oben und blickte in die Ferne. Hier wurde ich verstanden ohne zu sprechen. Immer war ich dort sicher und geborgen. Es gibt sogar dieses Foto von mir...

Viele Jahre später musste die Weide einer Stromleitung weichen, das war für meine Familie ein absolut trauriger Moment. Wir alle liebten diesen Baum, doch unser Protest blieb wirkungslos. So wurde er eines Tages umgesägt. Es war wie ein Sinnbild für den Abschied von der Kindheit. Je älter man wird, desto größer wird ja auch der Radius, in dem man sich bewegt.

So verlor schließlich auch der Garten seine magische Atmosphäre, die mich über viele Kindheitsjahre angezogen hatte. Weil unser Elternhaus später verkauft wurde, bin ich nicht mehr dort gewesen. Aber dadurch bleibt er mir in dieser geheimnisvollen Erinnerung aus der Sicht des kleinen Mädchens, das ihn über alles liebte.

Anna fährt um ihr Leben

Kannst du dich noch an die Zeit erinnern, als du gerade mal ein Jahr alt warst? Ich nicht. Mit drei oder vier Jahren? Vielleicht... bruchstückhaft, verschwommen, winzige Ausschnitte aus einem bunten Mosaik. Manchmal fragst du dich, was hat mich damals ausgemacht? Was habe ich empfunden, welche Menschen und Erlebnisse haben mich geprägt? Welchem Stress war ich ausgesetzt oder haben mich schützende Hände geborgen?

Am Dienstag war ich gemeinsam mit Anna (14 Monate alt) und ihrer Mama Marie unterwegs zu einem geselligen Wir-kochen-gemeinsam-Frühlingsrollen-Faschingstreffen und wir waren gut gelaunt. Ich saß hinten neben der kleinen Anna, während meine Freundin den Polo steuerte und wir – alle drei – abwechselnd miteinander plauderten. Aus dem Maxi-Cosi musterten mich zwei tiefsinnige, wunderhübsche, blaue Augen. Verständlich, trug ich doch türkis-grün-glitzernde Meerjungfrauen-Gesichtsbemalung!

Nach ein paar Minuten fing Klein-Anna zu brabbeln an, griff nach meiner Hand und inspizierte meinen Ehering. Dann deutete sie auf das Bändchen an ihrem grünen Häkelschuh. Ein paar Mal musste ich die Masche neu binden, damit Anna sie grinsend wieder lösen konnte. Da fragte meine Freundin unsicher: „Hörst du das auch? Der Motor macht komische Geräusche." – Hä? Keine Ahnung. Augenblicklich ruckelte der Wagen und verlor an Tempo, bis wir nur mehr hilflos dahinkrochen.

Am Armaturenbrett leuchtete eine Unheil verkündende Lampe auf. Wir hielten am Straßenrand und debattierten, was zu tun war. Ich fand im Handbuch die „Abgaswarnanzeige", das half uns aber nicht weiter. Marie kramte nach ihrem Handy und stotterte die ganze Zeit, wie leid ihr alles täte. Für mich war es gar nicht schlimm, der Stress lastete eher auf den Schultern der jungen Mami… und gleichzeitig kündigte sich im Gesicht von Anna ein dramatischer Stimmungswandel an.

Dutzende Gesichtsmuskeln verspannten sich schlagartig, sie zog beide Knie hoch, der Schnuller flog in weitem Bogen. Dann blickte sie mich panisch an, schluchzte voller Dringlichkeit und brüllte schließlich so laut, dass Marie Mühe hatte, sich mit der freundlichen ÖAMTC Mitarbeiterin zu verständigen. Ich konnte Klein-Anna mit beruhigenden Worten nicht erreichen, so tief getroffen war sie. Davon, dass das Auto nicht mehr so lustig schaukelte, Mamas Stimme auf einmal so angespannt klang und die Warnblinkanlage ein so fieses Geräusch von sich gab. Ihre Welt war kurzzeitig aus den Fugen geraten.

Mir blieb indes nur meine Hand, mit der ich sie vorsichtig berührte. Auf einmal schloss sich ihre Faust um meinen Zeigefinger, den sie für die nächsten zwanzig Minuten nicht mehr ausließ. Ein paar Schluchzer später war alles wieder in Ordnung. Der gelbe Engel hatte die Zündspule getauscht und wir bekamen freie Fahrt.

Die bunten Tage waren die schönsten

Heute würde es bunt werden. Leni spürte es. Nicht so weiß, wie alle anderen Tage: weiße Wand, weiße Bettwäsche, weißer Kittel. Sie verstand schon eine ganze Menge, obwohl sie noch sehr klein war, gerade mal drei Jahre alt.

Leni hatte immer schon ein fröhliches Herz gehabt, aber die Krankheit hatte es bleich werden lassen. Nur ausgewaschene Farbtöne, statt kräftiges Blau, Rot oder Gelb. Selbst Lenis Haut war blasser geworden. Es hing wohl mit den weißen Blutkörperchen zusammen, von denen die Ärzte ständig sprachen.

Vor ein paar Monaten war ihr Körper langsam schwächer und müder geworden. Nun lag sie hier auf der Kinderkrebsstation.

Aber heute war wieder ein bunter Tag. Leni wusste es, sobald die Tür aufging und ein kleiner roter Ball erschien. Hihi, endlich! Das konnte nur ein Doktor von der lustigen Visite sein.

Natürlich gab es auch die andere Visite, die ernst und sorgenvoll und meistens einfarbig weiß war… Doch am liebsten mochte Leni Doktor Tulpe mit der bunten Latzhose, darauf waren Blumen in allen Farben angenäht. Wenn er zu Leni ins Zimmer kam, leuchteten die Wände sonnengelb. Das war einfach ihre Lieblingsfarbe!

Durch den Türspalt konnte Leni schon einen hellgrünen Schimmer erkennen. Hinter der roten Clownsnase kamen grüne Wuschelhaare, eine Mandoline und ein alter Reisekoffer zum Vorschein. Diesmal waren sie sogar zu zweit und trällerten ein kleines Lied, das Leni gut kannte.

Vor Begeisterung hüpfte sie aus dem Bett. Dabei wäre sie fast über die riesigen Clownsschuhe von Dr. Mimi gestolpert. Mit einem weichen Tuch polierte die Frau Doktor erst ihre Schuhe, dann das Bettgestell und zu guter Letzt noch Lenis Hände. Das kitzelte, sie musste lachen.

Doktor Wuschelhaar war noch dazu sehr tollpatschig und ließ ständig etwas fallen. Leni half ihm gern dabei, alles wieder aufzuheben.

Sie kicherte. Die bunten Tage waren einfach die schönsten.

Leni hat ihre Krankheit gut überstanden und ist heute fit und gesund. Mit ihrem vergnügten Herz, das wieder bunt und farbig ist, bringt sie mich oft zum Lachen.

Die ClownDoctors haben sie damals aufgemuntert, bei schwierigen Untersuchungen begleitet und nicht nur ihr, sondern auch den Eltern, Zuversicht und Freude geschenkt. Wie toll, dass es solche Menschen gibt!

Adaeze – kleine Prinzessin

Es ist kalt draußen, Anfang November. Vor dem Eingang zum Supermarkt lächelt er mir zu. So freundlich, dass ich den Gruß erwidere. Nach dem Einkauf, als ich mein Wagerl zurückstelle, spricht er mich an: „Wie geht's dir?" Sein Lächeln weitet mein Herz. „Gut, und dir?", frage ich prompt und blicke ihm in die Augen. Schüchtern und zurückhaltend verläuft diese Begegnung, aber in der Mitte ist da eine angenehme Wärme.

Einige Wochen später sehe ich ihn wieder und freue mich. Obwohl ich ihn nicht kenne, mag ich diesen jungen Mann. Man weiß gar nicht wieso, spürt es einfach. Diesmal erfrage ich seinen Namen: Nolan aus Nigeria - und kaufe ihm eine Zeitung ab. „Ich bin da drinnen", meint er stolz und deutet auf die Titelseite. Aha, ein Bericht also über Nolan, den Straßenzeitungsverkäufer, seine Flucht nach Österreich vor zwei Jahren und über seine Träume und bitteren Erfahrungen in der Heimat.

Ich bin nachdenklich und berührt. Reisen wir nicht alle gerne in die Ferne? Und wenn sie -

hilfesuchende Menschen - zu uns kommen? Was passiert da mit uns? Zögern, Ablehnung, Sorge, Angst. Auch ich bin vorsichtig, aber schließlich auch neugierig. Das nächste Mal unterhalten wir uns auf Englisch über unser beider Leben und darüber, dass er so gerne Deutsch lernen möchte. Ich glaube ihm, spüre seine Hoffnung und den Wunsch, anzukommen.

Unsere Begegnung erinnert mich an die vom kleinen Prinzen mit dem Fuchs. Sich vertraut machen vollzieht sich in kleinen, bedächtigen Schritten. Im Caféhaus nebenan helfe ich ihm dabei, eine email zu schreiben. Irgendein Ansuchen, da sind auch Briefe vom Notar, die er nicht versteht. Auf einem Schreibblock notiere ich wichtige Vokabeln in Englisch und Deutsch. Interessiert saugt er alles auf, in seinem Gesicht spiegelt sich Dankbarkeit. Mehr als einen Kaffee möchte er nicht. Wir lachen zusammen und fühlen uns verbunden. Wenn er von traurigen Dingen spricht, die ihm widerfahren sind, werde ich schweigsam.

Ende Dezember erzählt er fröstelnd von seiner Angst vor der Abschiebung. Ich bin ratlos, dann treibe ich wenigstens einen warmen Pullover, Handschuhe und gebrauchte Winterstiefel auf, die ich ihm schenken kann. Das Telefonat mit den zuständigen Behörden bringt mich nicht voran, meine Möglichkeiten sind beschränkt. Ich bin wütend und traurig zugleich. Aber Nolan kämpft weiter. Ein anderer Verkäufer hat seinen Platz vor dem Supermarkt beansprucht. So verlieren wir uns leider aus den Augen.

Ein Jahr ist seither vergangen. Zu Weihnachten denke ich besonders an meinen nigerianischen Freund. Weil ich so lange nichts von ihm gehört habe, befürchte ich nichts Gutes. Da blinkt eine WhatsApp Nachricht auf und ich muss grinsen. Nolan hat vor einer Woche seine documents bekommen und darf in Österreich bleiben. Wow, mein Herz hüpft vor Freude. „Ich bin vater jetzt", schreibt er und postet ein Foto von sich und seiner kleinen Tochter. Ich bin hingerissen und frage: „Wie heißt sie denn?"

Adaeze – kleine Prinzessin.

unvermutet herzlich

Assisi - eine tolle Stadt: steingedeckte Häuser, keine Autos, verwinkelte Klostermauern und italienische Luft, die sich mit meiner Erwartung, Spannendes über den Heiligen Franziskus zu erfahren, mischt.

Reizvolle Blickwinkel in die Ebene unterhalb des Monte Subasio. Endlich sind wir hier! Sommerlicher Duft nach Wiesenkräutern und ein mächtiges Gewitter, das mit Getöse und schwerem Regen vorüberzieht. Ein Hotel, das dem Namen nach von Engeln betreut wird.

Doch schnell kommt die Ernüchterung: In ganz Assisi treffe ich nur auf Bewohner, die dem Fremdenverkehr überdrüssig sind. Unfreundlich, kurz angebunden, keine Herzlichkeit im Blick.

Tagsüber werden Unmengen an Touristen (wir sind ja selber welche…) widerwillig durch die Gassen geschleust. Verständlich auch, im August ist schließlich Hochsaison und die Hitze tut ihr Übriges. Kitschige Devotionalien hinter jedem Schaufenster, von denen ich schnell genug habe.

Wir sind ein wenig enttäuscht, mein Mann und ich, setzen uns in der Kapelle von San Damiano in eine Kirchenbank und lauschen der Stille. Wie gut das tut!

Auf einmal können wir etwas von der Gegenwart vergangener Tage spüren, später unter den alten Olivenbäumen zur Ruhe kommen, den Sonnenuntergang mit einem Glas Rotwein in der Hand genießen.

Tags darauf marschieren wir bergauf zur Einsiedelei delle Carceri, ein stimmungsvoller Kraftplatz im Grünen. Aber alles in allem bleibt es eine unterkühlte Begegnung an diesem eigentlich wunderschönen, warmen Fleckchen Erde. Nach drei Tagen heißt es Abschied nehmen und das abgestellte Auto wiederfinden.

Da trifft mich total unvermutet die schönste Begegnung der ganzen Assisi Reise. An einem stillen Ort, nämlich auf der Parkplatz-Toilette. Der Servicemanager ist zu einem Schwätzchen aufgelegt, spricht holpriges Englisch mit fremdem Akzent, streut dazu lachend italienische und deutsche Vokabel ein. Erzählt uns seine halbe Lebensgeschichte, offen und unverblümt. Neugierig ist er auch. Woher wir denn kämen und wie es uns gefallen hätte. Herzliches, echt gemeintes Interesse.

Ich bin so überrascht, dass ich gar nicht weiß, was ich sagen soll. Dann wünscht er sich noch ein Foto zum Andenken. Ich sehe in sein freundliches Gesicht und bin bewegt, fast ein bisschen beschämt. Liegt nicht in der Einfachheit, die Franz von Assisi predigte, etwas ganz Großes?

Der Karl und die Gurke

Wie ich mich auf den Frühling freu! Endlich wieder Zeit zum Garteln und Licht tanken. Obwohl noch viel Schnee liegt, mindestens 50 cm. Meine Christrose muss solange unter der Schneedecke ausharren. Sie freut sich auch auf die Wärme. Im Sonnenschein, dort, wo die weiße Pracht wegtaut, hab ich den ersten Krokus gesehen. Leuchtend dottergelb! Bald, bald darf ich wieder zu meim jungen Gemüse raus, in der feuchten Erde buddeln und die frischen Triebspitzen begrüßen. Das wird ein Fest!

Voriges Jahr feierten wir Premiere, mein Garten und ich. Ich weiß gar nicht, wie oft ich vorbeigeschaut habe, um nach dem Rechten zu sehen. Jedes Mal sind wir ein Stück gewachsen. Meine Stauden, Kräuter, Blumen und Tomaten fast von allein und ich an den neuen Aufgaben. Und die waren - für eine Anfängerin wie mich - nicht zu unterschätzen. Man muss wissen, mein Reich hieß bis dato Balkonien, aber dort ziehe ich hauptsächlich Kräuter im Topf.

Ein richtiger Bauerngarten war da schon eine ganz andere Nummer. Wunderschön gepflegt mit einer roten Kletterrose am Eingang. Ich war hoch motiviert. Im ungestümen Eifer erbeutete ich jede Menge Pflänzchen, um ihnen ein neues Zuhause zu geben. Aber wie war das mit dem richtigen Standort? Mein Vorgänger gab mir ein paar Tipps: dort die Sonnenblumen, hier die Tomaten und ganz hinten die Salatgurke, damit sie am Zaun hochranken konnte.

Nun gut, so sollte es sein. Wir wuchsen vor uns hin und freuten uns am Leben. Da bemerkte ich, dass die Arbeit erst richtig begann. Wegen des trockenen Sommers war ich täglich mit der Gießkanne unterwegs, die Rosen wollten geschnitten, die Schnecken eingesammelt, die Blüten gezupft und die Erdäpfel angehäufelt werden. Und wer stand mir bei jeder meiner Fragen mit Rat und Tat zur Seite? Meine Schwägerin und meine Mama, die zum Glück zu den erfahrenen Gartenhasen zählen und alles wissen. Ja, und dann war da noch der Karl…

…der vom Fernsehen. Ich dachte, von dem kann ich auch was lernen. Als ich seine Sendung neugierig verfolgte, erkannte ich entsetzt meinen Irrtum: Gurken dürften niemals am selben Standort des Vorjahres gesetzt werden. Da würden sie verkümmern und keinen Ertrag bringen. Oh nein! Ich hatte es bereits getan, die junge Biogurkenpflanze wurzelte genau dort in der Erde, wo der angestammte Gurkenplatz war. Was für ein Mist aber auch! Und jetzt? „Abwarten und Tee trinken", lautete der Vorschlag meines Mannes, den nichts so schnell aus der Ruhe bringen kann. Ich dachte zerknirscht: „Anfängerfehler, so was passiert, wird wohl nix mit einem sommerfrischen Gurkensalat…"

Die Pointe kommt zum Schluss: Meine Gurke war eine von der turboschnellen, sensationell produktiven Sorte. Ich habe insgesamt um die zwanzig armdicke Prachtstücke geerntet, sodass wir mit dem Essen gar nicht mehr hinterher kamen. Einige davon hab ich gerne und mit Stolz verschenkt. Dem Karl aber nicht, der hatte meine Gurke gehörig unterschätzt!

Die Liebe meiner Eltern

Sie war etwas Besonderes. Sonst gäbe es mich nicht. Eine einfache Erkenntnis. Dafür umso schöner. Meine Entstehung habe ich einem zweifachen Eisprung zu verdanken und dass meine Eltern überhaupt zueinander gefunden haben.

Es war ein Ankommen im Herzen des einen Menschen, der auf einmal zum wichtigsten Wegbegleiter wurde. Ein gegenseitiges sich Zuwenden und Hineinblicken in die Schönheit der Seele des Anderen.

Meine Mutter erkannte ihn zuerst an seiner Hilfsbereitschaft, mit der er auf einer Wallfahrt entlang der Salzach den müden Fräuleins wieder ein Lächeln ins Gesicht zauberte. Er war ein stattlicher, junger und liebenswerter Mann. Doch leider – wie das Leben oft spielt – momentan anderweitig vergeben. Sie sollte sich keine Hoffnungen machen, urteilten die Begleiterinnen.

Doch es gab ein Wiedersehen im Café Glockenspiel, wo ein dringliches Problem zu diskutieren war, ein Konflikt innerhalb der Katholischen Studierenden Jugend. ER und SIE waren beide involviert, jedoch gänzlich verschiedener Meinung.

Ein angeregtes Gespräch entspann sich, widersprüchlich, aber von Respekt und Neugierde begleitet. Im Austausch lag eine ungekannte Freude, denn sie waren bereit einander wirklich zuzuhören. So eröffnete sich eine gemeinsame Basis, ein fruchtbarer Grund.

Je länger sie sprachen, desto dichter und tiefgehender verwoben sich ihre Gedanken. Außenstehende haben vielleicht bemerkt, wie beide den Blick in ihr Innerstes zuließen. Sich ganz und gar aufeinander einließen.

Aus dieser Nähe wurde die Zuneigung geboren, die sie über viele Jahre – bis heute – begleitete. Meine Mutter fühlte sich besonders von seiner Freundlichkeit angezogen und dass er ganz wunderbar gesellig sein konnte.

Auch der Glaube hatte für beide etwas Verbindendes, gab ihnen Halt und gemeinsame Orientierung. ER schenkte ihr Geborgenheit und SIE baute mit ihm gemeinsam ein neues Zuhause.

Mein Vater sah in ihr die Frau, die ihn bedingungslos verstand und treu an seiner Seite stehen würde, egal wie schwer ihn seine Krankheit treffen würde.

So war es auch, bis zum Schluss und auch noch mehr als fünfunddreißig Jahre nach seinem Tod.

Vom Wünschen und der Kraft des Feuers

Ich hatte einen Herzenswunsch, den ich dem Feuer übergeben wollte. Schon vor einigen Jahren schrieb ich ihn auf einen Zettel, faltete ihn und hielt ihn in eine Flamme. Die Asche blies ich hinaus auf den See und schickte meine Gebete mit. Die Zeit verging, aber mein Wunsch erfüllte sich nicht.

Ich versuchte es mit Techniken der Imagination, las schlaue Bücher, fasste Mut und probierte alles, was in meinen Möglichkeiten stand. Nichts geschah, was mir die Erfüllung brachte. Doch irgendwann musste der Punkt der Entscheidung kommen: weiter daran festklammern oder loslassen.

Mein Herz und mein Verstand waren uneins. So viele unerfüllte Erwartungen hingen daran. Meine Lebensenergie war spürbar nicht mehr im Fluss, sondern festgebunden. Je länger der Zustand anhielt, desto mehr Kraft kostete er mich.

Ich sehnte mich nach Frohsinn und Freiheit. Wie schön wäre es, jeden neuen Tag wieder mit offenen Händen zu empfangen!

Die Wochen vergingen und langsam zog das Frühjahr ins Land. Gleichzeitig reifte in meinem Unterbewusstsein ein tragfähiger Entschluss. Und plötzlich war mir klar, was ich brauchte: Das Feuer, aber diesmal, um mir beim Abschied nehmen zu helfen.

Meine Familie unterstützte mich und war bei mir. Wir standen am frühen Abend auf dem Kraftplatz und schauten über die Felder bis hin zu den entfernten Berggipfeln. Der Himmel spannte sich weit über das Land und dimmte das Licht.

Gemeinsam stapelten wir die Holzscheite und entzündeten das Feuer, Tränen kullerten unablässig über meine Wangen. Es war ein schwerer Abschied.

Das Bild meines unerfüllten Traums legte ich mittenhinein ins Zentrum der Hitze und sah dabei zu, wie es sich verwandelte. Endlich durfte etwas Neues beginnen.

Ich war so riesig erleichtert, alle umarmten mich, lachten oder weinten mit mir. Die liebevollen und aufmunternden Worte sammelte ich behutsam. Wir standen zusammen und stärkten uns, bis die Energie nachließ und das Feuer ganz heruntergebrannt war.

Neun Monate später blicke ich zurück und bin dankbar. Es fühlt sich wie ein Fest an, das ich feiern durfte, ein Trauriges zwar, aber auch ein sehr Lebendiges. Etwas ganz Besonderes ist dabei, sich zu entfalten... Das Leben überrascht uns eben immer wieder auf's Neue.

Er liebt sie eben

Rosalie hat sich verheddert, zum x-ten Mal heute. Nicht mit dem Garn, auch nicht mit den Füßen. Nein, es sind ihre Gedanken, in die sie keine Folgerichtigkeit bringt. Wie ein gerissener Faden, oder ein Wollknäuel, dessen Ende sich in einem Ungetüm wirr durcheinander geworfener Schlingen hoffnungslos verknotet hat.

Ihre schlanken Hände greifen nach dem Kissen auf der Couch. Dann ein Innehalten und ein leiser Seufzer. Sie kann sich nicht erinnern, wohin sie der Gedanke, der eben noch ihre Handlung bestimmt hat, führen wollte. Rosalie lässt die Hände sinken und mit ihnen auch die Schultern. Zurück auf Anfang, denkt sie ernüchtert, dreht sich um und folgt dem unsichtbaren Pfad zurück ins Wohnzimmer. Dort ist sie eben gestartet, doch auf dem Weg ist ihr das Ziel abhandengekommen.

In letzter Zeit passiert ihr das häufig, je nach Tagesverfassung. Stress solle sie meiden, hat der Arzt erklärt, und sich gesund ernähren. Als ob sie das nicht schon jahrelang tut, auf die Gesundheit achten, Sport treiben, alles eben, um fit zu bleiben. Niemand würde ihr bei dieser sportlichen Figur die 60 plus überhaupt ansehen. Und trotzdem: eine Diagnose, so schwer wie Blei – Alzheimer. Allein schon der Name, Rosalie kann ihn nicht ausstehen. Klingt wie eine Heimsuchung im Alter, dabei fühlt sie sich genauso jung wie eben noch, als sie ihre Kinder großgezogen hat.

Auf dem Esstisch liegt Rosalies Handy. Zielstrebig greift sie danach und ihre Augen lächeln. „Das muss ich dir unbedingt erzählen", wendet sie sich an ihren Besuch. „Es ist ja so, dass einem auch glückliche Momente widerfahren und die muss man schätzen!" Vorige Woche beim Merkur Restaurant hat Rosalie zu Mittag gegessen. An dieser Stelle unterbricht ihr Mann den Bericht, seine Stimme klingt freundlich, unterstützend: „Das hast du heute schon erzählt, weißt du noch?" Rosalie schüttelt kaum merklich den Kopf, legt ihre Stirn in Falten und überlegt eine Sekunde. Ihr Entschluss steht: Diese Geschichte muss erzählt werden, und wenn schon. Von ihr aus auch noch öfter.

Bei der Begebenheit hat sie einen ehemaligen Schulkollegen nach langer Zeit wieder getroffen. Wie sich herausstellt, ist der mit einem Professor an der Klinik befreundet. Forschungszweig: Stammzellentherapie, bisher sehr erfolgreich, weitere Studien sind in Planung, an denen sie vielleicht teilnehmen kann. Ein Anker, ein Hoffnungsschimmer, ein Lichtpunkt, der in ihr Leben scheint und sie bestärkt.

Auch Rosalies Mann freut sich, ein schmales Lächeln streift in diesem Moment sein Gesicht. Seit ein paar Jahren schon hat er sich alles angeeignet, was die moderne Wissenschaft hergibt, ihren Speiseplan neu zusammengestellt, Fachliteratur angeschafft und vielversprechende Ärzte konsultiert. Enthusiastisch und geduldig greift er Rosalie unter die Arme und unterstützt sie auf ihrem ungewissen Weg. Es ist beschissen, deinen liebsten Menschen so leiden zu sehen, denkt er manchmal, aber er liebt sie eben.

Über den Wolken

Über dem ganzen Lungau erstreckt sich blauer Himmel, nur von einzelnen, weißen Wolken durchzogen, es ist der perfekte Tag. Am Flugplatz Mauterndorf hebt gerade eine kleine Propellermaschine ab. Die Turbinen singen, der Duft von Kerosin steigt ihm in die Nase. Wieder einmal kann er sich nicht sattsehen an den Starts und Landungen. Diesmal sind auch Segelflugzeuge in der Luft, steigen hinauf wie Albatrosse und ziehen ihre weiten Schleifen. Mein lieber Mann hatte immer schon den einen Kindheitstraum gehabt: Er wollte gerne Pilot werden.

Beeinflusst durch seinen Großvater, der Offizier beim Bundesheer gewesen war, eine imposante Gestalt mit einem Faible für die Berge. Er besaß eine Tiroler Almhütte, im Sommerurlaub tauchten sie gemeinsam in das Leben in der wilden Natur ein. Dieser Opa konnte viele Geschichten aus der fernen Welt erzählen und zeigte seinem Enkel den Umgang mit Taschenmesser und Ferngucker. Allein schon seine Uniform war für Immanuel faszinierend. Als Fünfjähriger lieh er sich gern Jackett und Krawatte aus, um selber ganz groß rauszukommen.

Auch die Uniform der Feuerwehr hatte es ihm angetan. Mit „Tatü Tata" rauschten bei jeder Alarmierung die roten Einsatzwagen die Nachbarstraße entlang. Sobald die Sirene ertönte, rannte Immanuel hinaus, um beim Ausrücken der Tanklöschfahrzeuge live dabei zu sein. Mit dem Blaulicht lagen zugleich Spannung und Abenteuer in der Luft. So wie auf dem Flughafen, wohin ihn seine Eltern gerne mitnahmen. Unglaublich, dass diese Riesenvögel fliegen konnten! Jedes Manöver, die technischen Raffinessen der Maschinen, alles beäugte er ganz genau durch sein Fernglas.

Nun steht er wieder am Zaun und beobachtet, wie die Flieger aus dem Hangar gezogen werden. Die Windfahne flattert nur leicht und dann steht sein Entschluss fest. Heute wird er abheben. Wie bei seinem ersten Flug mit sechs Jahren.

Zum Glück waren in den 1980ern die Sicherheitsbestimmungen noch nicht so streng. Also ließ man den Jungen ins Cockpit der Boeing schauen. Wow, so viele Schalter und Hebel und Knöpfe und Blinker! Eine Wunderwelt der Technik – hautnah! Die Welt von oben sehen, durch die Wolken tauchen, der Sonne entgegen, ein sensationelles Gefühl von Freiheit. Er konnte gar nicht genug vom Fliegen bekommen.

Doch von seinem Traum musste er sich jäh verabschieden. Seine Augen waren nicht in Ordnung. Als Jugendlicher entwickelte er eine Fehlsichtigkeit, trug ab sofort eine Brille und war furchtbar enttäuscht. Berufswunsch Pilot? Abgehakt. Leider. Und was bleibt von seinem Traum? Ein wunderschöner Rundflug über die Salzburger Tauern.

Nicht alle unsere Träume erfüllen sich. Aber wir sollten nie aufhören uns dem, was wir lieben, hinzugeben und unserer Sehnsucht zu folgen.

Meine Narzissenfreundin

Wie kann das möglich sein? In deiner Lebenskrise genau den Menschen zu treffen, der dich aus tiefstem Herzen versteht? Eine Frau, mit den selben Wünschen und unerfüllten Träumen? Eine Freundin, die gemeinsam mit dir Tränen weint und dir jeden Tag neuen Mut zuspricht? Ein Gegenüber, das dich mit seinem Strahlen aufmunternd auf andere Gedanken bringt?

So geschehen am 29. April 2017. Ankunft in Bad Aussee bei spätem Wintereinbruch. Angst und Unsicherheit im Gepäck, das zu diesem Zeitpunkt ohnehin schon schwer wiegt. Eine sonderbare Reise, auf die man nicht ganz freiwillig geht. Heimweh, das im trockenen Hals steckt. Keine Lust auf fremde Menschen, aber Einsehen der Notwendigkeit. Doppelzimmer – mit wem? Da steht sie – blaue Augen, Fröhlichkeit versprühend, obwohl uns beiden nicht danach zu Mute ist. Später meint sie: „Da hab ich gleich gewusst, dass wir auf einer Wellenlänge sind, als du ins Zimmer kamst!" Wie ich diesen Wesenszug der spontanen Gelassenheit an ihr schätze!

Kaum dreißig Minuten später sind wir mit dem Datenabgleich durch: Alter, Sternzeichen, Familiengeschichte, Haustier, Hobbys… Gemeinsamkeiten ohne Ende. Wir verstehen uns – auch ohne viele Worte. Mein neuronales Netzwerk schaltet auf Entspannung. Ein Bild von Seifenblasen kommt mir in den Sinn, so leicht hat sich der Beginn unserer Freundschaft in meinem Herzen dargestellt.

Diese besondere Freundschaft dauert bis heute an und gibt uns beiden Energie. Es stimmt uns froh, auf diese intensive und erholsame Zeit zurückzublicken.

Die Landschaft im steirischen Ausseerland ist sowieso der reinste Balsam für die Seele, besonders im Frühjahr. Wann immer es möglich ist, stiefeln wir los, frische Luft tankend, aufatmend und Ballast abwerfend. Im Gehen zu sich selber finden funktioniert wirklich, man vergisst es im Alltag bloß zu schnell.

Mittendrin ihr traurigster Tiefschlag. Hilft aber alles nichts. Wieder loslassen - die Wut begreifen und ihr eine Stimme geben. Ich tue, was ich kann, um ihr beizustehen. Als dann die Narzissen blühen, hält es uns gar nicht mehr im Haus. Die Farbenfreude der Blumen und die Wärme der Frühlingssonne übertragen sich auch auf uns. Endlich! Wie sehr ich mir gewünscht habe, in einem Feld von Dichternarzissen zu stehen und ihren Duft einzuatmen. Sogar beim Stecken der Figuren darf ich helfen, grandios.

Beim Narzissenfest schließlich mischen wir uns unter das Festvolk, genießen die Stimmung und feiern – trotz allem – das Leben. Die Hoffnung stirbt zuletzt. Es geht bergauf, Glaube kann schließlich Berge versetzen. Ein knappes Jahr später hält meine liebe Freundin ihre kleine Tochter im Arm, unfassbar – so ein Geschenk! Mir kullern Freudentränen über die Wange, auch heute noch. Danke A.

In seiner Berührung
lag die ganze Welt

Sie hatten gerade ihren letzten Kram in Kisten gepackt und fuhren die Hauseinfahrt hoch. Ihre erste gemeinsame Wohnung wartete auf das junge Glück. Doch nicht nur die, nein, da standen Pauls Eltern und passten ihr Kommen ab. Wie die dreinschauten! Ein erschreckender Anblick, ärger als in der Geisterbahn.

„Was bildet ihr euch eigentlich ein, soviel unnützen Krempel anzuschleppen? Euch so breit zu machen, es ist schließlich immer noch unser Haus!" Eine Begrüßung so kalt wie ein Eisblock. Man hatte sie gewarnt, dass es schwierig werden könnte. Natalies Freunde waren besorgt gewesen: „Überleg dir gut, ob du das wirklich willst!" Und Pauls Kumpel hatten lapidar gemeint: „Na, das kann ja was werden..."

Jetzt war es ohnehin zu spät. Ihre Schwiegereltern in spe blockierten den gesamten Vorraum - mit offener Feindseligkeit, Argwohn und Skepsis. Das Misstrauen schrieb tiefe Falten in das Gesicht von Pauls Mutter. Was dieses junge Ding mit meinem Buben vorhat? Und schlimmer noch, mit den ganzen Möbeln, die jahrelang gute Dienste geleistet haben?

Paul wären vor Schreck fast die Kisten mitsamt Inhalt auf den Boden geknallt. Wenn seine Eltern diesen Ton anschlugen, fühlte er sich brutal hilflos. Gut, sie hatten vorab vereinbart, dass sie den Hauseingang gemeinsam nutzen würden. Nur für ein paar Jahre. Damit sie sparen konnten für ein Eigenheim. Aber dieses Drama hatte er nicht erwartet. Wie sollte er jetzt vor seiner Freundin das Gesicht wahren? Natalie fasste sich zuerst, setzte ein höfliches Lächeln auf und wuchtete Paul, die Kisten und sich selber vorwärts. Dabei versenkte sie im Geiste das mitgebrachte Geschenk für die Schwiegereltern in der Jauchegrube.

„Wir sind müde", murmelte Paul erschöpft. Dann knallte er die Tür ins Schloss. Eigentlich sollten sie dankbar sein, stattdessen kochte schäumend die Wut im Bauch. Paul sah es Natalie an, die Eruption stand kurz bevor, so gut kannte er sie schon. Die letzten zwei Wochen waren sie sich wegen seiner Eltern ständig in den Haaren gelegen. Dabei wünschte er sich einfach nur Natalie glücklich zu machen. Aber seine Sprache waren nicht die Worte, sie führten höchstens zur endgültigen Eskalation. Ein innerer Impuls ließ ihn handeln, obwohl es ihm schwer fiel.

Er wollte ihr den Halt geben, den sie brauchte. Nahm sie fest in beide Arme, lehnte ihren Rücken an seinen starken Brustkorb. Tief atmen, ein - aus. Während ihre Abwehr schmolz, kam auch Paul zur Ruhe. Beide erinnerten sich in diesem Moment, an das, was wichtig war. Verbundenheit, Liebe und zueinander stehen. In dieser kleinen Berührung lag die ganze Welt. Sie würden es schaffen. TROTZ aller Schwierigkeiten.

Salzburg – (m)eine besondere Liebe

Eine Odyssee. Diese Parkplatzsuche. Endlich eine Lücke. Und als Draufgabe ein Beamter vom ÖWD. „Entschuldigen Sie, darf man hier entlang der Salzach parken?" - Nicken. „Da gibt es aber nirgendwo einen Parkscheinautomaten!" Vergeblich blicke ich in alle Richtungen.

„Das ist wegen Bier und so… alle Automaten verschmiert, kommen weg. Sind drüben da auf andere Seite." Er deutet hinüber zur Schwarzstraße. Mir entweicht ein gedehntes „Oooh… hier gilt aber schon die blaue Zone?"-„Gibt nicht mehr blaue Zone. Ganze Stadt gebührenpflichtig. Müssen Sie Tafel lesen, überall steht, ob man Parkschein braucht."

Aha. Ich bedanke mich für die Auskunft und tigere zwei Häuserreihen weiter um endlich meine Gebühr zu entrichten. Parkschild? Fehlanzeige. Aber wenigstens ein Automat. Gut. Sogar Kleingeld habe ich eingesteckt. Ist ja nicht so, dass ich unwillig bin. Mit Verspätung eile ich den Kai entlang, kurz vor dem Makartsteg wittere ich Gefahr. Oi, oi, oi! Eine junge Dame bringt sich in Stellung, strategisch perfekt positioniert. Sie strahlt mich an, als ob sie soeben im Lotto gewonnen hätte.

„Ja, GrüßiGott, ich bin die Angy (Äindschii) und wie heißt du?" Schon hat sie meine Hand geschüttelt, während ich überrumpelt und stupide lächelnd meinen Vornamen ausspucke. „Es dauert auch nicht lang, ich habe nur EINE Frage an dich." Da erkenne ich das Logo ihrer grünen Jacke. Trifft sich gut. „Bei euch spende ich schon!", grinse ich erleichtert. Nun lässt sich die Sache bestimmt abkürzen.

Nix da, denkt die grüne Angy, diese Frau hab ich am Haken. Sie führt einen Monolog über den Wert der karitativen Einrichtung. Fragen stellt sie mir auch, leider ohne Gewinnausschüttung. Die Uhr tickt. Mein Gehirn ist gelähmt. DA! Eine Eingebung. „Was wollen Sie jetzt konkret von mir?" – Hurra, Pause. Angy ist aus dem Konzept. „Ähm, also Ihren Herzensbeitrag können Sie ganz praktisch online eingeben und…" Im Nu hat sie ein Tablet aus dem Hut gezaubert und scrollt zum Eingabefenster für persönliche Daten. SCHLUSS. Mir reicht's! „Ich sag Ihnen was, ich überleg's mir, aber nicht hier und nicht jetzt. Wiedersehen!" Entschlossen wende ich mich zum Gehen. Da streckt mir die unerschütterliche Angy ihre Hand entgegen und wünscht mir einen wunderschönen Tag. Ja, danke,… ebenso. Fast bin ich am Ziel. Die Nespresso Boutique ist gleich ums Eck. Da trifft mich der Gedanke wie eine Ohrfeige: Ich muss ja wieder zurück, heißt: an Angy vorbei!!! Ob sich ein Umweg über die Staatsbrücke lohnt? Auf jeden Fall.

Oh du mein Salzburg! Am Platzl haben sich emsige Mitarbeiter einer wahlwerbenden Partei versammelt. Jackenfarbe und Lächeln sind fast so strahlend wie bei Angy! Ihr offensichtliches Ziel: gute Laune (ungefragt) an den Mann/die Frau zu bringen. Geschenke inklusive. Was soll's?! Dankend nehme ich ein aus dem Müll gerettetes Weckerl in Empfang. Was für ein Trip heute! Und trotzdem, ich liebe diese Stadt. Und wenn man liebt, kann man so manches Handicap verzeihen.

Blick ins Kaleidoskop

Ich trage alle Zutaten zusammen, sie sind farbig und bestehen aus meinen ureigensten Eindrücken und Gefühlen. Sie werden zu Silben, die sich in meinem Kopf versammeln, durch meinen Geist strömen, sich hin und her wiegen, wie die Wellen des Ozeans.

Mittendrin entsteht ein Bild, es nimmt Konturen an, verlässt mich wieder, bis es an einer anderen Stelle von neuem auf den Wogen schaukelt.

Wie ein Boot, das zu entfernten Ufern aufbricht und ich ahne noch nicht, wohin die Reise führen wird, wo und wie ich an Land gehen werde.

Die Silben bilden Wörter, die hervorgebrachten Wörter nehmen Anlauf, um Geschichten zu erschaffen. Aus Erlebnissen entspringen Texte und alle segeln sie durch meinen Kopf und meine Arme bis in die Fingerspitzen, um dort getippt zu werden.

Ich habe es auch mit mündlichem Recording versucht, doch ohne Hände könnte ich nicht schreiben. Erst sie sind das Instrument, das meine Gedanken-Melodien zum Klingen bringen.

Das sanfte Klicken der Tasten gibt mir eine vertraute Richtung an, alle zehn Finger vibrieren im Takt. Sie haben ein magisches Eigenleben und meine Augen staunen über jedes schwarze Zeichen, das auf dem blanken Weiß erscheint.

Vor mir liegt eine aufregende Landschaft, die mich fasziniert und langsam aus dem Nebel taucht.

Ich will mich umsehen, auf Entdeckungsreise gehen und mich lebendig fühlen. Ein leuchtendes Farbenbad nehmen, mit der Sprache spielen und sie verkosten, bis ich satt und zufrieden bin.

So wird Vergangenes gegenwärtig, Vages konkret und mein eigenes ich zum du. Ich höre zu, in freudiger Erwartung, was es zu sagen hat. Dann tauche ich in den Fluss des Erzählens ein, worin alles andere für den Moment bedeutungslos versinkt.

Mein Kompass ist mein Herz, ich erfühle seine Stimmung, lasse mich ein und öffne ihm den Raum, den es jetzt füllt. Mit Schätzen der Erinnerung, die aufbrechen, durcheinander purzeln, sich annähern, spiegeln und berühren. Als wären sie funkelnde Edelsteine, geschliffen, um Licht und Leben zu reflektieren.

Sie lassen kostbare Abdrücke und Mosaike entstehen, erfassen meine Seele in ihrer Ganzheit und bringen sie in Schwingung. Welches Geschenk! Das Innerste ins Außen zu gebären, damit es atmen und leben kann.

Liebe wächst

Durch den Lautsprecher tropfen die sanften Töne von Sade in mein Bewusstsein, ein ganz alter Song. So intensiv klingt ihre Stimme, sie packt mich und nimmt mich mit in unsere Anfangszeit. Wir waren verliebt, im Rausch der Sinne, quetschen uns ins Auto, um ungestört und einander nah zu sein und die ganze Zeit über liefen Songs von Sade und betteten uns sanft auf unsere Träume.

Wie sich diese prickelnden Momente, dein Duft, deine Hände, deine Zärtlichkeit in mein Herz geschrieben haben, bis heute.

Liebe wächst in kleinen Schritten.

Wir waren gut unterwegs. Vieles gab es zu entdecken, auf Urlaubsreisen genauso wie im Alltag. Dann erschütterte mich die Krise. Sie hat mir alles abverlangt, körperlich wie auch mental. Ich durchlebte so schlimme Zustände, dass ich fast den Glauben an mich selbst verlor. Aber du warst mein Fels in der Brandung. Ich konnte mich fallen lassen, du fingst mich auf. In den traurigsten Momenten brachtest du mich zum Lachen. Deine Treue zu mir war und ist unerschütterlich. Jeden Tag. Ich bin dir so dankbar dafür.

Mit unserer Hochzeit feierten wir unser Ja zueinander. Unser gemeinsames Leben und Zusammenhalten, egal was daherkommen mag.

Liebe wächst mit jeder Herausforderung.

Nach vielen guten Tagen, gemeinsam gelebt und geliebt, schlug das Pendel in die andere Richtung aus. Ich hätte es niemals erwartet. Plötzlich tobte der Sturm über dir und ich wollte dir helfen, so gut ich konnte. Puh, es war bei Gott nicht leicht, genauso stark zu sein, wie du es warst. Immer hast du alle Situationen mit Geduld und Gelassenheit angepackt. Und jetzt?

Man ist einfach so tief verbunden und verantwortlich füreinander, erfährt Glück und Last zugleich. Ich lernte vertrauen und loslassen. Wir waren füreinander da, unverbrüchlich.

Die letzten Töne des Liedes verklingen, ich drifte zurück in die Gegenwart. Schade, ich hätte Sade's Stimme gern noch eine Weile zugehört. Draußen vor dem Fenster streift mein Blick über die dunklen Bäume am Straßenrand. Ihre Gestalt mit den fein verzweigten Ästen beruhigt mich.

Liebe wächst wie ein Baum.

Ich fühle mich so groß und stark an deiner Seite und bin glücklich, dass wir zusammen wachsen dürfen.

MONIKA BAYERL

Geb. 1975 in Salzburg, aufs Land gezogen (Seeham); verheiratet, Volksschullehrerin mit großem Herz und Engagement, im Sternzeichen Waage, schreibe und singe für mein Leben gern... Ich liebe das Leben, weil es unbedingt lebenswert ist und herzergreifende Geschichten, die mich zum Nachdenken bringen; Ich liebe meinen Mann, weil ich bei ihm zuhause bin und unseren Kater Findus, der schnurrt, wenn man ihn anschaut; Ich liebe die Natur, weil sie unglaubliche Heilkräfte birgt und die Bewegung, weil sie uns in allen Belangen vorwärts bringt; Ich liebe es, Menschen in ihrer Vielfalt mit all ihren Fähigkeiten zu begegnen. Meine Schwäche: Ungeduld; Meine größte Stärke: Meine vielen kreativen Einfälle, die ich alle umsetzen möchte

Bücher für alle. Jeder soll die Möglichkeit haben, aus seinen Erlebnissen und Erfahrungen ein Buch zu machen. Stell dir vor, deine Großeltern hätten in deinem Alter ein Buch geschrieben, mit ihren Geschichten aus ihrem Leben, und wir könnten es heute lesen. Wir stehen für die Demokratisierung des Buchmarkts, story.one ist die Freiheit des Schreibens und Publizierens.

Übung macht den Meister. Schon klar, kein Meister ist vom Himmel gefallen. Aber Storytelling und Schreiben steckt in uns allen genauso wie Singen, Malen, Tanzen, Fotografieren, Kochen, Fußballspielen und vieles andere mehr, was Menschen Freude macht. Wir sehen es als unsere Aufgabe, jedes Talent zu fördern.

Verantwortung. Wir sind nicht nur davon überzeugt, dass jeder ein Buch schreiben kann, sondern auch, dass jeder nachhaltig etwas bewirken kann.
Wir produzieren unsere Bücher nur bei Bedarf und gehen sorgsam mit der Ressource Papier um. Damit möchten wir die Welt ein kleines Stück besser machen.